MAÎTRES DES DRAGONS

LE CHANT DU DRAGON DU POISON

TRACEY WEST

ILLUSTRATIONS DE

DAMIEN JONES

TEXTE FRANÇAIS DE

MARIE-CAROLE DAIGLE

Éditions
SCHOLASTIC

POUR LES DEUX KATIE.

Je dédie ce livre à ma sœur, Katie Noll, avec qui j'ai inventé tant d'histoires quand nous étions petites, et à Katie Carella, véritable magicienne de la correction, avec tous mes remerciements.
—T.W.

Catalogage avant publication de Bibliothèque et Archives Canada

West, Tracey, 1965-

[Song of the poison dragon. Français]

Le chant du dragon du poison / Tracey West ; illustrations de Damien Jones ; texte français de Marie-Carole Daigle.

(Maîtres des dragons ; 5)

Traduction de : Song of the poison dragon.

ISBN 978-1-4431-5502-1 (couverture souple)

I. Jones, Damien, illustrateur II. Titre. III. Titre: Song of the poison dragon. Français

PZ23.W459Ch 2016   j813'.54   C2016-903039-3

Édition publiée par les Éditions Scholastic, 604, rue King Ouest, Toronto (Ontario) M5V 1E1

6 5 4 3 2   Imprimé au Canada 139   21 22 23 24 25

Illustrations de Damien Jones
Conception graphique du livre de Jessica Meltzer

MIXTE
Papier issu de
sources responsables
FSC® C103567

TABLE DES MATIÈRES

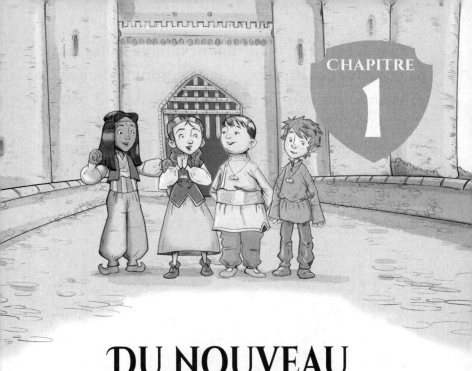

DU NOUVEAU

Yoann observe la foule qui s'est rassemblée aux portes du château. On croirait que toute la population du royaume des Fougères s'y trouve! C'est une journée spéciale... On attend l'arrivée d'un nouveau maître des dragons!

Yoann est devant le château avec les autres maîtres des dragons : Anna, Rori et Bo.

— La pierre du dragon vous a-t-elle parlé du nouveau maître des dragons? demande Yoann à Jérôme, le magicien du roi, qui attend lui aussi.

— Tout ce que je sais, c'est qu'elle s'appelle Pétra, répond Jérôme en hochant la tête. Elle vient des terres du sud. Elle a huit ans, comme vous tous.

Chacun des maîtres des dragons a été choisi par la pierre du dragon. Cette pierre magique détecte les enfants ayant la capacité de communiquer avec des dragons. Jusqu'à présent, elle a choisi quatre enfants provenant de différentes régions du monde. Ils vivent dans le château du roi Roland. Jérôme leur apprend à entraîner leurs dragons.

Or, il y a un nouveau dragon au château. Il s'agit d'une hydre, un dragon à quatre têtes. Un magicien maléfique, nommé Maldred, a tenté d'attaquer le château, monté sur cette hydre. Maldred a été jeté dans la prison du Conseil des magiciens. Alors, la pierre du dragon a choisi un maître des dragons pour l'hydre.

— Pétra va bientôt arriver, dit Rori, la jeune rouquine. Je me demande comment elle sera. J'espère qu'elle ne sera pas méchante!

— Pourquoi le serait-elle? demande Bo.

— Eh bien, parce que son dragon crache du poison, explique Rori, ce qui n'est pas gentil!

Au cours du combat livré par Maldred,

l'hydre avait craché du poison par ses quatre bouches. Ce poison liquide faisait fondre la pierre! Quelques gouttelettes avaient suffi pour causer des brûlures aux ailes de Vulcain, le dragon de Rori.

— Ce n'est pas parce que l'hydre crache du poison qu'elle est méchante, explique Yoann. C'est son pouvoir. Chaque dragon a un pouvoir différent.

— Oui, dit Anna. Cette hydre a bon cœur, et je pense qu'il en sera de même pour Pétra.

— Regardez! s'écrie Bo.

Yoann voit des chevaux au loin sur la route. La foule commence à s'agiter. Des gens brandissent de petits drapeaux ornés d'un dragon. Au bord du chemin, des enfants jouent avec des dragons en bois.

Cela rappelle à Yoann le jour de son arrivée au château. Un des cavaliers du roi s'était emparé de lui et l'avait enlevé. Il avait eu la peur de sa vie!

Je me demande si le nouveau maître des dragons a peur en ce moment, pense Yoann.

La foule acclame les chevaux qui s'arrêtent au portail du château. Un soldat aide une jeune fille à descendre de cheval.

— C'est sûrement Pétra, chuchote Bo à Yoann.

Pétra porte une robe longue bleue et des chaussures en cuir brun. Ses cheveux blonds sont bouclés. De ses grands yeux verts, elle scrute la foule, puis le château.

La foule se tait. Tous attendent que la nouvelle venue dise quelque chose.

— Est-ce qu'il fait toujours aussi froid, ici? demande Pétra en frissonnant.

PÉTRA
JE-SAIS-TOUT

Yoann, Rori, Bo et Anna s'approchent de Pétra.

— C'est l'automne, ici, explique Yoann. Le froid arrive à cette période de l'année.

— Il n'y a pas *d'automne* d'où je viens, répond Pétra, d'un air hautain.

— Attends de voir le froid qu'il fait *l'hiver!* riposte Rori.

— Je viens du pays des Pyramides, dit Anna en prenant Pétra par la main. Là aussi, il fait toujours chaud. Tu t'habitueras au froid, comme moi.

— Bon, allons à l'intérieur avec Pétra, dit Jérôme en frappant des mains.

— Retournez aux champs! crie un soldat à la foule.

Les maîtres des dragons et Jérôme se dirigent vers le château. Pétra n'arrête pas de parler.

— C'est ça, le château? Comme il est sombre et déprimant! Où sont les colonnes blanches? Et l'or? demande-t-elle, enfilant ses questions l'une après l'autre sans attendre de réponse. La tour est tout de même assez haute... Quelle est sa hauteur? Peut-on voir tout le royaume de là-haut?

Ils marchent dans un corridor menant à une porte en bois. Un garde, appelé Simon, l'ouvre pour eux.

— Nous répondrons à toutes tes questions, Pétra, dit Jérôme. Mais nous allons d'abord te montrer la salle d'exercice et les cavernes des dragons. Ensuite, nous te conduirons à ta chambre.

Jérôme leur fait descendre le long escalier menant à la salle d'exercice. La lueur des flambeaux vacille contre les murs.

— C'est sombre, ici! dit Pétra.

— Nous sommes dans la salle d'exercice, explique Jérôme. C'est ici que nous travaillons avec nos dragons.

— Là, c'est l'atelier de Jérôme, dit Bo en indiquant un local fermé à clé.

— Et à côté, c'est notre classe, poursuit Anna en pointant le doigt vers la pièce voisine. Il y a plein de livres sur les dragons.

— Nous avons le droit de lire ces *livres* ennuyants en tout temps! ajoute Rori. Mais tu dois avoir hâte de voir ton dragon. Allons-y!

— Ces livres semblent plutôt intéressants... objecte Pétra.

Mais Rori la tire vers les cavernes des dragons.

Elles s'arrêtent devant la caverne de Vulcain.

— Voici Vulcain, dit Rori en souriant.

Le dragon rouge déploie fièrement ses ailes.

— C'est un dragon du Feu, dit Pétra. Il peut cracher des flammes aussi hautes qu'un arbre.

— Tu sais cela! s'exclame Rori.

— Mais *tout le monde* sait cela, répond Pétra.

Anna l'emmène alors devant la caverne d'un autre dragon.

— Voici mon dragon du Soleil, Hélia, dit Anna en montrant le dragon blanc du doigt.

— Est-ce que son

jumeau, le dragon de la Lune, vit également ici avec Hélia? demande Pétra.

— Tu es au courant de l'existence des dragons de la Lune? demande Anna, étonnée.

— Tout le monde sait cela, répond Pétra.

— Viens que je te présente Shu, mon dragon de l'Eau, dit Bo à Pétra en lui montrant un dragon couvert d'écailles d'un bleu étincelant. Ce dragon est capable de...

— déjouer les mauvais sorts, l'interrompt Pétra.

Yoann et Bo froncent les sourcils et échangent

un regard. *Une vraie mademoiselle Je-sais-tout!*
se dit Yoann.

Yoann se dirige vers la caverne de Lombric.
À son approche, son dragon brun dépourvu de
jambes lève la tête.

— Je te présente Lombric, dit-il. C'est un

dragon de la Terre. J'imagine que tu sais déjà
quel est son pouvoir.

— Il peut déplacer les objets par la seule
force de son esprit, répond Pétra.

— Comment se fait-il que tu saches tout
cela? demande Rori, les mains sur les hanches.

— Il y a très longtemps, un membre de

ma famille a été maître des dragons, répond Pétra. Il s'appelait Cosmo. J'ai entendu plein d'histoires sur Cosmo et ses dragons. Il a même apprivoisé un dragon à quatre têtes. Il en avait fait son animal de compagnie!

— Eh bien, Pétra, c'est maintenant le moment de te présenter *ton* dragon, dit Jérôme.

QUATRE TÊTES

étra s'exclame :

— Mais bien sûr! Il faut que je voie mon dragon.

— Tout d'abord, je vais te donner un morceau de la pierre du dragon, dit Jérôme en retirant de sa poche une chaînette au bout de laquelle pend un morceau de pierre verte. Chaque maître des dragons en a une. Elle t'aidera à communiquer avec ton dragon.

Pétra passe la chaînette autour de son cou.

— *Oh!* La pierre est de la même couleur que tes yeux! fait remarquer Anna.

— Ne t'en fais pas si tu ne réussis pas tout de suite à communiquer avec ton hydre, dit Yoann, se rappelant qu'il lui avait fallu beaucoup de temps avant de communiquer avec Lombric. Cela prend parfois du temps.

— As-tu bien parlé d'une *hydre?* Mon dragon est une hydre? demande Pétra, les yeux écarquillés.

— Oui, un dragon à quatre têtes, répond Rori. Mais si ce fameux Cosmo a pu en apprivoiser une, ce sera sûrement facile pour toi, pas vrai?

Yoann voit une ombre d'inquiétude sur le visage de Pétra. Mais elle disparaît rapidement.

— Alors, qu'est-ce qu'on attend? Allons voir mon hydre, dit-elle.

Jérôme dirige les maîtres des dragons vers une cinquième caverne fermée par des barreaux en bois.

— La voici, dit-il en ouvrant la grille.

L'hydre lève ses quatre têtes d'un coup. Elle a des écailles d'un vert étincelant, de grandes ailes et des yeux jaune vif.

— Eh! C'est qu'elle a vraiment quatre têtes! dit Pétra en reculant d'un pas. Super... Je peux voir ma chambre maintenant?

— Tu n'as pas envie de parler un peu avec ton dragon? lui demande Bo.

— Tu dois lui donner un nom, ajoute Rori.

— *Tout le monde* sait qu'on ne donne pas tout de suite de nom à une hydre, dit Pétra. Il faut attendre.

— Attendre quoi? demande Yoann.

— Est-ce que quelqu'un aurait la gentillesse de me montrer ma chambre? répète Pétra sans lui répondre.

— Allons d'abord manger. Tu dois avoir faim, dit Jérôme.

— D'accord, dit Pétra en quittant la caverne sans regarder son hydre.

Les autres maîtres des dragons interrogent Jérôme du regard.

— Laissons-lui du temps, dit-il. Allez, à table!

UN MESSAGE
DU ROI

Yoann va rejoindre Pétra.

— Tu vas aimer ton repas. La nourriture est *vraiment* bonne ici.

— En plus, j'ai *vraiment* faim, répond Pétra en entrant dans la salle à manger.

La table est chargée de plats de rôti de bœuf, de poulet, de pommes de terre, de carottes et de pain. Tous prennent rapidement place, mais Pétra reste debout, les yeux fixés sur la table.

— Mais il n'y a ni pois chiches, ni olives, ni figues? demande-t-elle.

— Je n'ai aucune idée de ce qu'est une figue, mais il y a du rôti de bœuf, répond Yoann.

— Chez moi, on ne mange pas de viande, soupire Pétra.

— Viens donc t'asseoir avec nous, lui dit Jérôme en l'invitant d'un signe de la main.

Pétra s'asseoit, puis une étincelle brille dans l'œil de Jérôme. Il pointe le doigt vers les pommes de terre. L'une d'elles s'élève dans les airs et atterrit dans l'assiette de Pétra. Pétra reste bouche bée devant cette démonstration de magie.

— Ces pommes de terre sont délicieuses, dit Jérôme.

Yoann observe Pétra qui pique dans sa pomme de terre avec sa fourchette.

— Je me demandais, Pétra... dit Bo. Si la pierre du dragon t'a choisie pour prendre soin de l'hydre, c'est peut-être à cause de Cosmo.

— Ouais, peut-être que ta famille a un certain talent pour apprivoiser les hydres, ajoute Anna.

— Possible… répond Pétra sans lever les yeux.

Un bruit se fait entendre dans l'escalier. Simon, le garde, entre dans la pièce.

— J'ai un message pour vous, Jérôme, dit-il. Demain, le roi Roland veut voir les maîtres et leurs dragons. Dans la grande cour.

— Pourquoi pas dans la salle d'exercice? demande Jérôme.

— La reine Rose vient en visite. Le roi veut présenter son nouveau dragon en plein air, répond le garde en tournant les talons.

— Demain? dit Pétra d'une voix craintive. Mais je n'ai encore rien fait avec mon hydre! Tout le monde sait qu'il faut du temps pour connaître un dragon.

— Il est vrai que c'est trop tôt, dit Jérôme. Mais nous devons obéir au roi. Et son amie, la reine Rose, est très gentille. Tu vas l'aimer.

Pétra fronce les sourcils et picore dans son assiette avant de la repousser.

— J'ai fini, déclare-t-elle. Est-ce que je pourrais aller dans ma chambre maintenant, s'il vous plaît?

— Bien sûr, acquiesce Jérôme. On se revoit demain au déjeuner.

— Je vais te mener à ta chambre, propose Anna.

Les deux fillettes quittent la pièce, puis les autres maîtres des dragons se regardent.

— Je n'ai pas l'impression qu'elle va bien s'intégrer, lance Rori.

— Elle va s'intégrer, répond Jérôme. Donnez-lui du temps.

— Qu'en penses-tu? demande Bo en se penchant vers Yoann.

Yoann n'a vraiment pas envie de répondre. Son arrivée au château n'avait pas été facile non plus. Mais au moins, il était content de vivre au château et de voir les dragons. Pétra, elle, n'exprime aucun enthousiasme.

— Je ne suis pas sûr qu'elle soit à sa place, chuchote-t-il.

UNE HYDRE NERVEUSE

Le lendemain, les maîtres des dragons conduisent leurs dragons vers la grande cour, comme le roi le leur a demandé.

— Sommes-nous obligés d'y aller? demande Pétra qui marche devant son hydre.

— Ce ne sera pas long, lui promet Jérôme. Le roi veut seulement montrer ton dragon à la reine Rose.

Yoann est heureux de prendre l'air avec Lombric. Son dragon de la Terre glisse lentement dans l'herbe à ses côtés. Shu marche avec Bo. Hélia se tient près d'Anna, tandis que Vulcain avance de son pas lourd derrière Rori.

— Sais-tu finalement comment s'appellera ton hydre? demande Rori à Pétra.

— Pas encore, répond Pétra. Je n'ai pas envie de précipiter les choses.

Le roi Roland les attend, debout dans la cour centrale. Il est grand et porte une barbe rousse et touffue. La reine Rose, du royaume de Petite-Colline, est à côté de lui. Deux longues tresses encadrent son visage bienveillant. Les gardes du roi tentent de retenir la foule des villageois massée derrière eux.

— Je pensais que nous allions tout simplement rencontrer le roi Roland et la reine Rose, dit Pétra. Pourquoi y a-t-il tous ces gens?

— Ils ont dû entendre dire que nous allions sortir les dragons, avance Yoann. Les gens du village s'intéressent vraiment beaucoup à eux depuis qu'ils savent que nous en avons.

— Bonjour, Jérôme! s'exclame le roi Roland de sa voix puissante en s'avançant vers eux. Merci de nous amener les dragons.

Il va vers l'hydre.

— Vous voyez? C'est bien ce que je vous disais, poursuit-il en se tournant vers la reine Rose. Ce nouveau dragon a quatre têtes!

— Ce dragon est fantastique! dit la reine. Et qu'est-ce qu'il peut faire?

Pendant que Jérôme lui parle de l'hydre, deux enfants passent en courant devant les gardes. Ils s'amusent avec une tête de dragon miniature piquée sur un bâton de bois et garnie d'un long ruban en guise de queue. Ils se poursuivent dans la cour en agitant leur bâton.

Lorsqu'ils passent près de l'hydre, celle-ci serre chacune de ses quatre mâchoires. Puis elle se met à marteler le sol de ses lourdes pattes avant. Yoann s'en rend compte, mais Pétra tourne le dos à son hydre.

La pierre du dragon de Yoann se met à briller. Parfois, cela signifie que Lombric cherche à lui dire quelque chose. De fait, Yoann entend Lombric lui parler dans sa tête.

Il faut que Pétra calme son hydre. Elle doit caresser doucement chacune de ses têtes... tout de suite!

Yoann fait un signe de tête à Lombric.

Il s'empresse d'aller rejoindre Pétra.

— Pétra, ton dragon commence à s'énerver, lui dit-il à voix basse. Flatte un peu chacune de ses têtes...

— Lui flatter les têtes? répète Pétra, le visage soudainement très pâle.

Son hydre se met alors à renifler et à souffler bruyamment.

— Quelque chose ne va pas? demande le roi Roland.

— Pétra, fais-le! insiste Yoann.

— Ça ne se fait pas, flatter les têtes d'une hydre! réplique-t-elle. C'est, euh... c'est sa queue qu'il faut flatter! *Tout le monde* sait ça!

Contournant son hydre, elle allonge le bras et lui caresse la queue.

Aïïïïïïïïïïïïïe! hurle l'hydre, tout en reculant une tête, celle qui se trouve le plus près du roi Roland. Une légère vapeur s'échappe de la gueule du dragon.

Le roi Roland s'écroule par terre!

DU POISON!

out arrive en même temps. La reine Rose court vers le roi Roland. Son teint commence à verdir.

— À l'aide, quelqu'un! s'écrie-t-elle.

Pétra a les yeux ronds de stupéfaction et les gens du village se mettent à crier.

— Cette bête a blessé notre roi!

— Attrapons-la!

Les villageois tentent de pousser les gardes pour passer.

— Ramène tout de suite l'hydre au château! dit Yoann à Lombric.

Lombric fait un signe de tête et, du bout de sa queue, il touche l'hydre. Il devient soudain d'un vert étincelant, puis disparaît avec l'hydre.

— Tous dans la salle d'exercice! Vite! crie Jérôme aux maîtres des dragons. Je m'occupe du roi.

Les maîtres des dragons courent vers les cavernes, accompagnés des dragons.

Une fois à l'intérieur, Rori se plante devant

Pétra.

— Mais qu'est-ce que tu as fait?

— Je ne sais pas! s'écrie Pétra.

— Nous savons que l'hydre crache un poison très puissant, dit Bo. Probablement que le roi en a respiré, et ça l'a rendu malade.

— Existe-t-il un remède? demande Rori à Pétra.

— Je... je ne sais pas, admet Pétra.

— Il me semblait que tu savais *tout!* s'exclame Rori, faisant rougir Pétra.

— Est-ce que Shu pourrait le guérir, comme

elle a guéri l'empereur Song? demande Anna.

— Shu ne peut s'attaquer qu'à la magie noire, répond Bo en hochant la tête. Pas au poison.

— Nous devrions peut-être chercher dans les livres, propose Yoann.

Yoann, Rori, Bo et Anna courent vers les étagères.

— Cherchez les livres sur les hydres, dit Bo en examinant les titres. Et sur les dragons du Poison.

Jetant un coup d'œil par-dessus son épaule, Yoann voit Pétra plantée devant la porte.

— Mais viens donc! dit-il. Ce ne sont pas les livres qui manquent!

Pétra se joint à eux. Les maîtres des dragons

prennent chacun un livre. Ils sont tous en train de lire lorsque Jérôme revient.

— Comment va le roi? demande Bo.

— Très mal, je le crains, répond Jérôme en fronçant les sourcils. Il a de la fièvre et n'a pas repris connaissance. Il faut trouver un antidote au poison de l'hydre.

— J'ai une piste, dit Anna en montrant une page de son livre. Il est écrit qu'une hydre peut guérir les personnes touchées par son poison. Ouais... Mais ça ne dit pas comment...

— Intéressant, fait remarquer Jérôme.

Pétra pourrait tenter de communiquer avec son hydre pour obtenir une réponse...

— Mais cette hydre n'a pas envie de

communiquer avec moi! s'exclame Pétra. Regardez ce qu'elle a fait dès que je l'ai touchée!

— Tu dois quand même essayer, Pétra, répond Jérôme. Tu fais maintenant partie des maîtres des dragons, et notre roi a besoin de toi.

Tous fixent Pétra du regard.

— D'accord, dit Pétra d'une voix calme.

Puis elle hausse la voix, comme pour se donner du courage.

— Après tout, je fais partie des maîtres des dragons, comme vous!

DES NOUVELLES DU VILLAGE

étra sort de la pièce et se dirige vers les cavernes. Les autres s'empressent de la suivre. Chacun lui suggère des façons d'amadouer son hydre.

— Tu pourrais polir ses écailles, propose Bo. Shu adore cela.

— Vulcain aime bien quand je le gratte sous le menton, dit Rori. Tu pourrais essayer.

— Tu devrais lui donner un nom, ajoute Anna.

— Lombric aime bien les pommes, dit Yoann. Tu pourrais lui offrir une petite gâterie.

Pétra ouvre la grille de la caverne de son dragon. Elle avance d'un pas, puis se retourne vers les autres.

— Tout ce que je dois faire, leur dit-elle, c'est fermer les yeux et penser bien fort à mon dragon. Tout le monde sait que c'est ainsi qu'on communique.

— Mais... commence Rori.

Jérôme lève la main pour lui faire signe de se taire.

— Les dragons sont tous différents, tout comme les maîtres des dragons d'ailleurs, dit-il. Laissez Pétra faire à sa manière.

Pétra ferme les yeux. Sa pierre du dragon se met à briller d'un vert très pâle.

— Entends-tu l'hydre te parler dans ta tête? demande Rori en tapant du pied.

— J'essaie! réplique Pétra.

Simon entre en coup de vent, essoufflé.

— Il se passe quelque chose au village, dit-il. Les gens sont fâchés contre les dragons parce que le roi Roland est malade. Ils disent qu'on devrait les enfermer quelque part, loin du royaume!

— Oh là là! répond Jérôme. Merci de l'avertissement.

Le garde repart aussi vite, après avoir fait un signe de la tête.

— *Personne* ne va me séparer de Vulcain! s'écrie Rori en serrant les poings.

— Quelle chose épouvantable! dit Bo.

— C'est terrible que notre roi soit malade, mais ce n'est pas la faute de l'hydre!

— Pas moyen de se concentrer, ici! lâche Pétra en poussant les maîtres des dragons pour sortir.

— Vous la laissez partir? demande Rori à Jérôme.

— Je ne peux pas forcer Pétra à communiquer avec son dragon, répond-il. J'espère qu'elle reviendra bientôt. Entre-temps, nous devons continuer de chercher un remède. Retournez à vos livres! Moi, je vais voir si la pierre du dragon peut nous aider.

Puis il se tourne vers Yoann et lui dit :

— Peux-tu aller voir ce que fait Pétra?

Yoann acquiesce et sort rapidement des cavernes. Il est un peu fâché contre Pétra. Mais il s'inquiète aussi pour elle. *Elle est loin de chez elle,* se dit-il. *Je suis sûr qu'elle pense que tout cela est sa faute. Elle doit se sentir vraiment mal, surtout que tous nos dragons sont maintenant menacés!*

LA VÉRITÉ
MISE AU JOUR

oann monte l'escalier en colimaçon qui mène aux chambres des maîtres des dragons. Il passe la tête par la porte entrouverte.

— Pétra? dit-il.

Pétra est assise sur le bord de son lit, les yeux baissés.

— Tu n'es pas responsable de ce qui est arrivé au roi Roland, dit Yoann.

— Mais oui! s'écrie-t-elle. J'aurais dû t'écouter et lui caresser les têtes pour la calmer. Mais j'ai menti en disant qu'il fallait plutôt lui flatter la queue. Je... j'avais peur!

— Peur de quoi? demande Yoann en s'asseyant près d'elle.

— J'ai terriblement peur de mon dragon, avoue Pétra. C'est une hydre à quatre têtes qui crache du poison!

— Mais tu es maître des dragons; tu peux communiquer avec elle, dit Yoann.

— Je ne suis pas capable d'y toucher et encore moins de communiquer avec elle, dit Pétra en hochant la tête. Dans ma famille, tout le monde pense que je devrais pouvoir apprivoiser les dragons, comme Cosmo. Mais ce n'est pas le cas!

— Moi aussi, j'avais peur lorsque je suis arrivé ici. Vulcain a même craché du feu vers moi! dit Yoann. Et puis, ces dragons ont vraiment l'air féroce! Mais en réalité, ils sont très gentils. Je vais t'aider. Viens, retournons voir ton hydre.

— Tu es sûr qu'elle ne me fera pas de mal? demande Pétra.

— C'est la peur qui a poussé ton hydre à cracher son poison vers le roi, répond Yoann. Nous allons y aller tout doucement. N'oublie pas ta pierre du dragon : elle t'aidera à communiquer avec l'hydre.

— D'accord, je vais essayer, dit Pétra en inspirant profondément.

Tous deux redescendent vers les cavernes. Yoann ouvre la grille.

— Demande-lui de sortir, dit-il.

— Pourrais-tu venir ici, s'il te plaît? demande Pétra en regardant son hydre.

L'hydre sort lentement de sa caverne.

— Demande-lui maintenant de nous suivre, dit Yoann.

— J'aimerais que tu nous suives, dit Pétra.

L'énorme dragon vert suit Yoann et Pétra jusque dans la salle d'exercice. Les autres maîtres des dragons lèvent les yeux de leurs livres.

Étirant le bras, Yoann caresse doucement une des têtes de l'hydre.

— Tu vois? Elle ne te fera pas de mal, dit-il. Viens, faisons-le ensemble.

Pétra pose une main tremblante sur celle de Yoann. Ensemble, ils caressent l'hydre.

L'hydre se met à faire un drôle de bruit. *Rrrrrr...*

— Mon hydre serait-elle en train de ronronner? demande Pétra. Elle me fait penser à mon chaton, à la maison!

— Elle a l'air contente, répond Yoann en souriant.

— Peux-tu faire quelque chose pour le roi Roland? demande-t-elle à son hydre en la regardant.

La pierre du dragon qui pend à son cou se met alors à briller, pour une courte seconde. Puis elle redevient normale.

— Ça ne marche pas! se désole Pétra.

Les autres sortent de la classe.

— Il faut du temps pour arriver à communiquer, dit Bo.

— C'est un bon début, renchérit Anna.

— Tu vas y arriver! ajoute Rori.

— Vous avez raison, dit Pétra. Et merci, Yoann, de m'avoir aidée à avoir moins peur, ajoute-t-elle en caressant le cou de l'hydre.

Rrrrrr...

Tout l'après-midi, Pétra tente de communiquer avec son hydre, mais sans succès. De leur côté, Yoann, Rori, Bo et Anna ne trouvent aucune piste dans les livres.

En fin de journée, Jérôme sort de son atelier.
— Il se fait tard, dit-il. Il faut dormir un peu.
— Et le roi? demande Anna.
— Il est encore fiévreux, répond Jérôme. Je vais continuer de chercher une solution.
— Tu as dit que cela prendrait du temps, dit Pétra en s'adressant à Yoann. J'espère que je parviendrai à communiquer avec l'hydre à temps pour sauver le roi!

UNE ERREUR?

Le lendemain, Pétra frappe à la porte de la chambre de Bo et Yoann avant le déjeuner.

— Entre, dit Yoann en bâillant.

— M'emmènerais-tu voir l'hydre? demande Pétra, ses yeux verts brillant d'enthousiasme. Je veux essayer de communiquer avec elle tout de suite!

— Avant le déjeuner? demande Yoann dont le ventre gargouille.

— J'ai pris cela à la cuisine, répond Pétra en montrant du pain et du fromage. Allez, viens!

Bo entrouvre juste assez les yeux pour voir Yoann partir avec Pétra. Ils dévalent l'escalier menant à la salle d'exercice. En passant près de l'atelier de Jérôme, ils entendent des voix. Ils s'arrêtent un instant pour écouter.

— Je vous en prie, Jérôme, il y a sûrement un remède, dit une voix de femme.

— On dirait la reine Rose, chuchote Yoann à Pétra.

— L'hydre nous dira *comment* guérir le roi, répond Jérôme. Mais nous n'aurons cette réponse que lorsque son maître aura réussi à communiquer avec elle. Pétra n'est tout simplement pas prête.

— Mais elle *doit* l'être! s'exclame la reine Rose. Est-ce qu'un autre maître pourrait essayer de communiquer à sa place?

— Ça ne marche pas comme ça, explique Jérôme. C'est Pétra que la pierre du dragon a choisie.

— Dans ce cas, la pierre doit choisir quelqu'un d'autre! répond la reine. La vie du roi est en danger.

— Laissez-moi consulter la pierre, répond Jérôme en soupirant.

Yoann jette un coup d'œil dans l'atelier. Jérôme est penché au-dessus de la pierre. Celle-ci est dans un coffre en bois orné de sculptures de dragons. Les pierres des maîtres des dragons ont été prises à même cette grosse pierre verte étincelante. Jérôme la scrute de près.

— Je suis désolé, Votre Majesté, dit Jérôme en fronçant les sourcils. La pierre du dragon est difficile à déchiffrer. Elle est un peu bizarre, depuis quelque temps. Il m'arrive de ne pas pouvoir la lire. Parfois, elle se met à briller faiblement, puis tout disparaît.

Au même instant, Yoann entend un grondement s'approcher du château.

— Cette pierre du dragon n'a probablement pas choisi le bon maître, dit la reine Rose.

Yoann regarde Pétra. Elle se mordille la lèvre inférieure.

— Pétra, je suis sûr que… commence Yoann, avant de s'interrompre.

Le grondement se rapproche. Ce sont les villageois qui scandent à tue-tête :

— Les dragons, expulsion!

LES DRAGONS, EXPULSION!

ori, Bo et Anna dévalent les escaliers et foncent presque dans Yoann et Pétra.

— Il y a une foule en colère autour du château! crie Rori.

— Une foule *très* en colère, ajoute Bo.

— On ne va pas les laisser expulser les dragons du royaume! dit Anna.

Jérôme et la reine Rose sortent de l'atelier.
Les maîtres des dragons s'inclinent devant la
reine.

— Je dois retourner aux côtés du roi Roland,
dit la reine Rose. Jérôme, je vous prie de réfléchir
à ce que je vous ai dit.

— Je ferai tout ce qui est en mon pouvoir,
répond Jérôme.

Dès que la reine est partie, Jérôme s'adresse
aux maîtres des dragons :

— Restons calmes. Combien y a-t-il de gens
dehors?

— Je n'ai jamais vu autant de villageois aux portes du château, dit Rori. Les gardes tentent de les retenir.

— Et s'ils parvenaient à entrer dans le château? demande Anna. S'ils s'emparaient des dragons?

— Personne ne va emmener les dragons ni s'en prendre à eux, répond Jérôme.

— Je suis vraiment désolée. Tout cela, c'est ma faute! dit Pétra en s'enfuyant vers les cavernes.

— Laissez-la faire, dit Rori. De toute façon, elle ne nous aidera pas.

— C'est faux, dit Yoann. Elle a essayé. Elle parviendra sans doute à communiquer avec son hydre bientôt.

— En attendant, nous devons protéger nos dragons, réplique Rori. Vulcain pourrait faire peur aux villageois en crachant du feu dans leur direction.

— Rori, les gens ont peur, intervient Jérôme. Ils s'inquiètent pour leur roi. Inutile de leur faire encore *plus* peur. Il faut régler le problème de façon pacifique. Je vais aller voir ce qu'il se passe vraiment. Et vous quatre, retournez à vos bouquins!

Les maîtres des dragons retournent rapidement dans la classe. Soudain, la pierre de Yoann se met à scintiller. Il entend Lombric lui parler.

Pétra s'est sauvée avec l'hydre!

LE DÉPART DE PÉTRA

Yoann se précipite dans la caverne de Lombric.

— Où est Pétra? Et l'hydre? demande Yoann
à son dragon.

Yoann attend que Lombric lui réponde, mais il ne
perçoit que des sons incompréhensibles. Il regarde
sa pierre du dragon : elle clignote faiblement.

Bizarre, se dit Yoann. *Lombric?* demande-t-il.

Le corps de son dragon se met à scintiller. Yoann comprend ce que cela signifie. Il pose la main sur la tête de Lombric.

Une lumière verte illumine la caverne. Une seconde plus tard, ils sont tous deux dans la vallée des Nuages. Cette vallée est cachée derrière le château, entre les montagnes.

Pétra se trouve au milieu de la vallée. Elle tente de se hisser sur son hydre.

Yoann a l'impression que le dragon est inquiet.

— Qu'est-ce que tu fabriques? crie-t-il en direction de Pétra.

— Je rentre chez moi, répond Pétra. L'hydre arrivera à voler jusque-là. La reine Rose a raison… La pierre du dragon n'a pas choisi le bon maître. Mais peut-être qu'un autre membre de ma famille parviendra à communiquer avec l'hydre pour aider le roi.

— Mais c'est *toi*, le maître de l'hydre! dit Yoann en courant vers elle.

— Désolée, Yoann. Je vous renverrai l'hydre dès que possible, en même temps que son *véritable* maître. Je m'en vais!

Elle se hisse lentement sur le dos de l'hydre.

Yoann se précipite vers elle et l'attrape par le bras.

— Non, Pétra! crie-t-il. Tu n'as même pas de selle. Et tu ne sais pas monter à dos de dragon. Tu pourrais te faire mal!

Jérôme et les autres maîtres des dragons arrivent en courant.

— Arrête, Pétra! intervient à son tour Jérôme.

— Yoann, nous t'avons vu partir en courant et nous avons tout de suite compris que quelque chose n'allait pas, crie Anna.

En l'entendant, Yoann se tourne vers ses amis et lâche le bras de Pétra. Elle commence à glisser vers le sol et agrippe la queue de son hydre pour ralentir sa chute.

Aïïïïïïïe! hurle l'hydre.

Elle projette une tête vers l'arrière. Un jet de poison vert sort de sa gueule. Yoann n'a que le temps de voir la vapeur scintillante s'approcher de son visage.

Puis plus rien.

LE CHANT DE L'HYDRE

étra se précipite vers Yoann, s'agenouille à ses côtés et s'écrie :

— Yoann, non!

— Il est blessé! crie Bo.

Lombric rampe rapidement vers Yoann. Bo, Rori, Anna et Jérôme le suivent au pas de course.

Yoann est par terre. Son teint a une étrange couleur verte.

— Il faut l'emmener à l'intérieur, dit Jérôme.

— Tiens bon, Yoann, dit Anna.

— Il a été empoisonné! Comme le roi! s'exclame Rori.

— Je suis vraiment désolée, dit Pétra, le visage ruisselant de larmes.

Ses larmes tombent sur sa pierre du dragon.

— Regardez! dit Bo en montrant la pierre de Pétra du doigt.

Sa pierre scintille de mille feux vert foncé. Pétra la regarde. Ses yeux s'écarquillent.

— J'entends des voix dans ma tête! s'exclame-t-elle. Quatre voix. L'hydre dit qu'elle peut faire quelque chose pour Yoann.

Un son magnifique emplit la vallée.

Les enfants se retournent et voient l'hydre s'approcher lentement de Yoann. Chacune de ses quatre têtes est relevée bien haut et produit un son différent, créant ainsi une mélodie.

Plus l'hydre s'approche, plus elle chante fort.

— C'est magnifique, dit Jérôme.

— On dirait le bruit de l'eau qui coule sur des rochers, ajoute Bo.

Yoann bat des paupières et son teint perd petit à petit sa couleur verdâtre.

— Que s'est-il passé? demande-t-il en se redressant.

— L'hydre a craché son poison vers toi, explique Pétra. Mais elle t'a ensuite guéri en chantant.

— C'est vrai, répond Yoann. Mais dis donc, cela veut dire que tu as pu communiquer avec elle!

— Oui, mais ce qui compte, c'est que tu ailles bien, répond Pétra. J'aurais dû t'écouter, Yoann. Je n'aurais jamais dû tenter de partir. Je suis désolée.

— Ce n'est pas grave, répond Yoann en lui souriant.

— Tout cela est bien beau, mais il faut faire vite, intervient Rori en tirant Pétra par le bras.

— Oui, Pétra, tu dois sauver notre roi! ajoute Jérôme.

TROP TARD?

Les écailles de Lombric se mettent à scintiller d'un vert éclatant.

— Pétra, prends ma main, dit Yoann en se levant. Puis pose l'autre sur l'hydre.

Pétra s'exécute. Yoann, Pétra et l'hydre sont ainsi tous les trois liés à Lombric.

Un éclair vert illumine le ciel. Quelques
secondes plus tard, ils se retrouvent dans la
chambre du roi Roland. La reine Rose est
assise près de lui. Elle bondit en voyant Yoann,
Pétra, Lombric et l'hydre.

— Gardes! s'écrie-t-elle.

Yoann s'avance vers elle et s'incline.

— Je vous en prie, Votre Majesté, dit-il.
Nous savons comment sauver le roi. L'hydre
peut le guérir.

— *Hum...* répond la reine. Jérôme a bel et bien dit que l'hydre aurait peut-être le remède.

Deux gardes arrivent en courant. Ils pointent leurs lances vers le dragon.

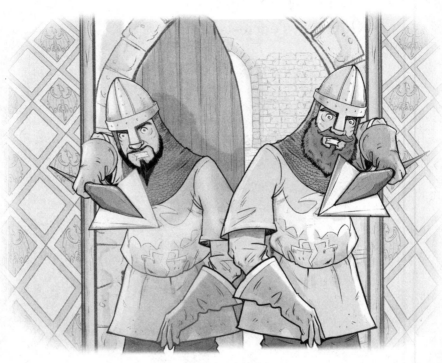

— Baissez vos armes, dit la reine Rose en faisant un geste de la main. Mais restez en position. Si les dragons tentent de s'en prendre au roi, agissez!

Pétra tient la pierre du dragon dans le creux de ses mains.

— Tu peux le faire, lui souffle Yoann.

Pétra lui fait signe qu'elle a compris et ferme les yeux.

— S'il te plaît, hydre, chante pour sauver le roi.

La pierre commence à briller. Puis l'hydre se met à chanter. Son chant mélodieux remplit la pièce. Yoann et Pétra observent le roi d'un œil inquiet. Son état ne semble pas s'améliorer.

Alors que le chant se termine, Jérôme entre en trombe dans la chambre.

— Ça n'a pas marché, lui dit Pétra.

— Yoann n'était malade que depuis quelques minutes lorsque l'hydre l'a guéri, dit-il en posant une main sur son épaule. Peut-être qu'il faudra un peu plus de temps avant que le roi ne guérisse.

— Ses mains semblent déjà moins brûlantes, confirme la reine Rose. Cela me donne espoir. Et jusqu'à présent, je n'en avais pas du tout. Alors, merci…

— Le roi a besoin de tranquillité, dit Jérôme en s'adressant à Yoann et à Pétra. Ramenez les dragons dans leurs cavernes. Allez ensuite manger et vous coucher. Je veillerai sur notre roi.

— Et que dit-on à ces gens en colère, dehors? demande Yoann.

— Les gardes s'en occupent, répond Jérôme. Ne vous inquiétez pas.

Yoann prend Pétra par la main et pose son autre main sur Lombric. Une vive lumière verte emplit la pièce. L'instant d'après, ils se retrouvent dans les cavernes.

ZÉRA

Taratata!

Le lendemain, Yoann et les autres maîtres des dragons sont réveillés par le son des trompettes. Ils se précipitent dehors, en même temps que tous les autres occupants du château. La cour est pleine de gens du village.

Taratata!

Les sonneurs de trompette sont sur le balcon du roi.

— On dirait que l'on va nous annoncer quelque chose, dit Rori.

— Ça doit concerner le roi, s'écrie Pétra, le visage soudainement blanc d'inquiétude. J'espère qu'il va bien!

— Saluons le roi Roland! crient les gardes.

Le roi se présente sur le balcon, accompagné de la reine Rose. La foule l'acclame.

— Citoyens du royaume des Fougères, je suis guéri! lance le roi. Et je dois ma guérison au dragon qui m'a rendu malade!

Certaines personnes dans la foule se mettent à huer.

— Silence! ordonne le roi.

— Ce qui m'est arrivé n'est qu'un accident, poursuit le roi. Les dragons peuvent, certes, être dangereux, mais nos maîtres des dragons travaillent fort pour les entraîner. J'ai trouvé mes dragons aux quatre coins du globe. Je ne vais pas m'en défaire maintenant, et vous devriez penser comme moi!

Yoann regarde ses amis en souriant. Ils ont eux aussi le sourire aux lèvres.

— On cesse donc de critiquer les dragons! ajoute le roi. Plus un mot à ce sujet! Et maintenant, je vais retourner m'occuper des affaires du royaume. Bonne journée!

La reine Rose le ramène à l'intérieur.

— Ça a marché! dit Pétra en serrant Yoann dans ses bras. Nous avons sauvé le roi!

— Et nous n'avons plus rien à craindre pour nos dragons! ajoute Anna.

— Beau travail, vous tous, dit Jérôme en souriant aux maîtres des dragons. Et particulièrement toi, Pétra. Maintenant, allons nous entraîner dans la vallée des Nuages.

Les maîtres des dragons sautent de joie.

Plus tard, les maîtres des dragons se rendent dans la vallée avec leurs dragons et Jérôme.

Pétra caresse doucement les cous de son hydre.

— J'ai enfin trouvé le nom de mon hydre, annonce-t-elle. Zéra!

— Zéra? Joli nom! commente Anna.

— C'est le nom de ma chatte à la maison, dit Pétra. L'hydre me fait penser à ma chatte parce que toutes les deux ronronnent quand elles sont contentes.

— Ce n'est pas comme Vulcain. *Lui*, il crache de petites étincelles lorsqu'il est content, dit Rori en riant.

Les deux fillettes se regardent en souriant. Soudain, Yoann entend Lombric lui parler.

Regarde là-haut!

Yoann montre le ciel du doigt.

Un immense dragon plonge vers eux. Comme il se rapproche, Yoann distingue ses écailles d'un noir étincelant. Il voit aussi celui qui le monte : un garçon aux cheveux noirs et bouclés.

— Mais c'est Héru et Wati! s'écrie Yoann.

LA PIERRE DU
DRAGON PRINCIPALE

étra demande :

— Ce dragon noir, c'est le jumeau d'Hélia, le dragon de la Lune, n'est-ce pas ?

— Exact! dit Rori. C'est Wati.

— Et Héru, c'est notre ami du pays des Pyramides, poursuit Yoann en s'adressant à Pétra.

— Quand Hélia est tombée malade, nous sommes allés au pays des Pyramides chercher son jumeau. Wati l'a guérie, explique Anna.

Wati se pose, et tous accourent vers Héru. Hélia va tout de suite rejoindre Wati. Celui-ci bat des ailes pour montrer qu'il est content de retrouver sa sœur.

Héru saute par terre.

— Quel bonheur de te revoir! s'exclame Anna.

Héru serre Anna dans ses bras, mais il semble soucieux.

— Je suis venu parce que j'ai besoin de vous. Il y a quelque chose qui ne va pas du côté de la pierre du dragon principale, dit-il en regardant Jérôme.

— La pierre du dragon principale? répète Yoann. Que veux-tu dire?

— Chaque pierre du dragon provient de la pierre principale, explique Jérôme. C'est une pierre énorme, magnifique et... très bien cachée!

— Et maintenant, elle se meurt, répond Héru en hochant la tête.

— Il me semblait bien que quelque chose n'allait pas, répond Jérôme. Ma pierre fait de drôles de choses depuis quelque temps...

— Et moi, j'ai eu du mal à communiquer avec Lombric, mentionne Yoann.

— Voilà pourquoi vous devez me suivre, dit Héru. Sans pierre principale, les maîtres des dragons ne pourront plus communiquer avec leurs dragons!

TRACEY WEST sait que, tout comme Pétra, elle aurait probablement très peur si elle se retrouvait devant un dragon à quatre têtes pour la première fois. Tracey a aussi peur des serpents et des souris, mais sans savoir pourquoi, elle adore les araignées!

Tracey a écrit des dizaines de livres pour enfants. Elle écrit chez elle, entourée de la famille recomposée qu'elle forme avec son mari et ses trois enfants. Sa maison est aussi le foyer de plusieurs animaux de compagnie : deux chiens, sept poules et un chat qui s'installe confortablement sur son bureau pendant qu'elle invente ses histoires! Heureusement que ce chat n'est pas aussi lourd qu'un dragon!

DAMIEN JONES habite avec sa femme et son fils dans les Cornouailles, lieu de naissance de la légende du roi Arthur. L'endroit a même son propre château! Par beau temps, on peut voir à des kilomètres à la ronde en montant dans la tour. C'est le point de vue idéal pour observer les dragons!

Damien illustre des livres pour enfants. Il a aussi été responsable de l'animation de films et d'émissions télévisées. Dans son studio, il est entouré de figurines de personnages mystiques qui veillent sur lui pendant qu'il dessine.

MAÎTRES DES DRAGONS

LE CHANT DU DRAGON DU POISON

Questions et activités

Qu'est-ce que les maîtres des dragons pensent de Pétra à son arrivée?

Comment Pétra se sent-elle lorsqu'elle voit son dragon pour la première fois? Qu'est-ce qui te fait dire cela? Donne des EXEMPLES.

Que fait Yoann pour que Pétra accepte d'avoir été choisie comme maître des dragons?

Que se passe-t-il lorsque l'hydre se met à chanter?

Aurais-tu eu la même réaction que les gens du village lorsque l'hydre a empoisonné le roi? Pourquoi? Explique ta réponse par écrit.